藍《あゐ》深《ふか》む湖《うみ》

仁和優子歌集

現代短歌社

目次

写真　仁和　亮

藍深む湖

白蝶

別れ来し夢のつづきか緑陰に白蝶ひとつ紛れてゆきぬ

きらきらと今朝の舗道に水溜まり帰りそびれし星の子遊ぶ

青葉風池の水面《みなも》を撫づるとき光の粒子鯉が呑みこむ

これ以上なにを求めむ水鳥の去りたるのちの藍深む湖《うみ》

タクト振る森の妖精せせらぎと光と風が笛吹きにけり

園の木蔭にヒマラヤの芥子ひつそりと天空の青もそよがせてゐる

蝦夷鹿の切手

雪道の足跡左右に別れをり　ひと日織りなす人間模様

家並みをさえぎる白き雪の壁　平衡感覚なくして歩む

われは野の一樹となりて佇《た》ちてをり万の小雪が髪に触れくる

赤いマフラーの少女と子犬が駆けてゆく雪のエチュード真昼の公園

スーパーの袋両手にぶら下げて細き雪道譲り合ひ行く

雪晴れの裸木に黄連雀群れ来り一樹たちまち野の弦楽器

雪原に蝦夷鹿一頭オホーツクを吹きくる風に対きて立ちをり

夕映えに染まる雪原にポプラ樹は一直線に影伸ばしをり

蝦夷鹿の切手貼りたる母の文雪の日高嶺越えて届きぬ

小樽運河

雪蒼く小樽運河の潮風が触れてゆきしかガス灯ともる

降りしきる雪の地獄坂まぼろしの多喜二と一瞬すれ違ひたり

地吹雪の渦巻く街を背丸《せな》め行き交ふ人ら影絵となれり

呼ばれたる心地してふと振り向けばただ茫々と雪女佇つ

雪晴れてニセコ連山くつきりと少女期われもシュプール描きし

美容室「ヴィヴィアン・リー」に夕陽射し染まる扉《ドア》より女出でくる

星置とふ美しき地名に魅せられて途中下車する　オリオン蒼し

デスクトップの雪の降りゐるうす蒼き未知なる界へ入りてゆきぬ

轟音に深夜飛び起きラッセルが夢もろともに攫ひてゆけり

冬を脱ぎ捨て

カーテンに揺れる朝光《あさかげ》あつ！あれは吾の短歌の未完の小鳥

雪解けの道にまたぞろ出できたる空き缶・ビニール・心の残滓

きらきらと軒の雫は陽を弾きわれの歩調もリズムをきざむ

朝焼けの沼の一瞬ふくらみて幾万の雁飛び立ちにけり

カーテン越しに朝の光がきらめきぬ春眠むさぼる白きアザレア

蕗の薹のさ緑を食むわが胸に鳥のさへづり人語ともなる

冬を脱ぎ捨てかろやかに新緑の萌ゆる樹林を駆けてゆきたり

白梅の一輪凜と咲き初めり　昨日と違ふわたしに会へさう

渇きたる心を濡らす雨の日に若葉のしづく森の道ゆく

蕗の穴覗く向かうにわが未来見えてきさうに山鳩の啼く

緑なす植田のつづく畔をゆく大和まほろば息づきてをり

ビルの硝子が一面捉へし春の空切り抜くごとく窓開きたり

ライラック・藤・桐の花いつせいに風は紫〈よさこいソーラン〉

春雷

君の乗る飛機が真昼の春空に発光体となりて近づく

迷ひごと透明ファイルに閉ぢこめて春陽の街を逢ひにゆきたり

いつのまに恋のウイルス忍びしやわがプログラム狂ひはじめる

アカシアの花のこぼるる並木路に引力やさしも君歩みくる

ビル街の風にもまるる鯉幟地にわらわらと影を泳がす

傷つかぬ恋は望まず春雷の轟く街にずぶ濡れてゆく

燦々たる庭の向日葵手づかみにわが直球を受け止めたまへ

夕暮のポプラの戦ぎはたと止み君の言葉に炎《ひ》がつきにけり

匂ひつつ白薔薇闇にほどけゆく女の性《さが》を愛しみてをり

夏の日のハイウェーに追ふ逃げ水よ縮まることなき距離を思ひぬ

逃避行のごと疾走すカーナビになき高速道　海がきらめく

綿すげのそよぐ湿原に霧の立ちたちまち君とわれを隔つる

向日葵の黄金にあふるる迷路ゆくいちにんへの愛断つことならず

向日葵畑の万の眼に見つめられ吾は一瞬たぢろぎてゐる

高層の回転レストランに人と逢ひ地上への出口ふと見失ふ

白磁の壺

汽笛鳴らしＳＬ通る紅葉のニセコ連山炎《ひ》となりてゆく

高原に寂しく尾花が吹かれをり掻き分けてゆく夕焼けの色

夕暮の道のポストへ惑ひ行くわれより先に影が届きぬ

紅葉に染まる山峡君ときて清流にすすぐ炎《も》えたる眼

修飾語われらに要らず　君とゆく森はさやかに葉を降らしをり

枯葉降る櫨の林に語りゐて保護色となる君もわたしも

櫨林の大樹いつせいに葉を落とす余饒なるものわれも捨てゆく

月光に濡るる白磁は竜胆の藍なす花とひとつに静まる

胸に手を合はせて眠れ秋の海呼ばば返らむ夏の真帆船

萩・芒・秋桜・ぶらんこ秋の日に揺れゐるものみな愛しみてをり

コンタクト・レンズをつけて人に会ひ心の中まで見ゆるはさびし

置き忘れのサンダル波に攫はれて何もなかつたやうに秋風

いつか来る別れと思ふ夕庭に萩がほろほろ紅《くれなゐ》こぼす

漂泊の思ひをつづる君の文晩秋の風に乗りて届きぬ

肩並べ花野ゆきたる半月の片割れ私はまだ持つてゐる

紅きシクラメン

今朝いちめん雪景色です約束のお酒を飲みに逢ひにゆきます

紅きシクラメン一鉢抱きゆふぐれの霙の街を逢はずに帰る

凝りたる言葉もあらむ郵便の赤いバイクが吹雪に消ゆる

やり場なき怒りのごとく地吹雪が容赦なく頬を打ちて逆巻く

雪深き森吹く風に蝦夷松の枝の揺れ合ひ手招くごとし

雪を呑み滔々と流るる冬の河　優柔不断なわれが見てゐる

結氷の阿寒湖に藍を封じ込む波の崩るる形のままに

人と訣れ雪原に立つ　魂の潤すものを掌《て》に受けてをり

ひとりゐて林檎むきをりかなしみが曲線となり皮が繋がる

想ひ出のひとつ生まれよ風の夜に温めしミルクの皮膜とりをり

捨てかぬる合鍵ひとつ雪の夜に往にし扉を開けはじめたり

不協和音

愛する人街去りてゆき吾がめぐりセピア色して春の風景

抽斗の奥にひそかにしまひたる嫉妬・かなしみ・不純な心

ブラウスの胸に汚点《しみ》ありいつのまに魔女がひそかに棲みてゐるやも

白昼を誰か覗いてゐるやうなそんな錯覚窓の蔓薔薇

内科医に咽喉をさらせり　つかへたる言葉のひとつ覗かれてゐる

キャベツの葉一枚一枚はがしゐるわが脳髄のいづこか病める

夜の卓に黄薔薇の花弁ひとつ落つ平常心がふいに崩るる

夜の闇が抱く孤独の中にゐてボリューム高く聴くピアノ・ソナタ

わが裡に不協和音の響きたり魔女も目覚めよ満月の夜

洗濯機に鬱もいつしよに回しをり明日は真白きブラウスを着る

ブライダル・ベールといふ名の花を買ひしばし魂あづけておきぬ

花の精

亡き姉の植ゑし桜のひらきたり花の精ともなりて訪ひ来よ

桜吹雪の中より犬が駆けきたり懐かしさうに眸を向ける

スポット・ライト浴びゐるやうに廃村の社の夜桜散りしきりをり

桜の闇をくぐりてきたる吾をふと呼び止むる夜の辻占師

いつせいに園の桜の吹雪き初め王朝絵巻の中に入りゆく

公園の池の水面の空邃《ふか》く吸ひこまるるごと桜散りをり

宇宙の旅

幼子の柔らかき背を流しやる春の野原を駆け来し匂ひ

天窓を開けて眠りぬ幼子と銀のスプーンで月に飛ぶ夢

冷蔵庫の中をつぎつぎ覗く子ら　卵が雛になつてゐるかも

髪揺らしたんぽぽの絮追ひかける子は夕映えの野のシルエット

膝の上《へ》に吾子はひと日の重さのせ白雪姫の絵本を開く

雛あられこぼれ散らして幼子が若草の色ばかり拾へり

クレヨンで吾子の描きたる父の絵は手も足もなく顔がまんまる

堤防に遊ぶ幼はポケットに春をいつぱい詰め込んでゐる

白き服風に吹かれて蝶のごと子ら縺れつつ野に遊びをり

子とともに宇宙の旅へ仰ぎ見る夏の星座がきらきら光る

両の手に団栗二つ握りしめ夕陽の中より吾子駆けてくる

下校時刻われは母なる顔をして雨のバス停傘持ちて待つ

ぼたん雪降りくる夜は絵本から白雪姫も抜けて遊べよ

夢の中に眠る幼子雪ん子となりて野道を駆け回りゐむ

幼らの作りし庭の雪うさぎ朝の光に飛び跳ねてをり

シャッター・チャンス

芒野にシャッター・チャンス狙ひゐる君も子犬も夕陽に濡れて

夕映えのはまなすの花写しゐる夫の半身くれなゐに染む

オホーツクの短き夏を夫泳ぐわれは憩ひの港にならう

オホーツクの海の夕ぐれ青年のギターの調べ人恋ふごとし

投票場を夫と出できてそれぞれに行先違ふバスに乗りたり

主婦の座

夕暮のバスより降りて長き影曳きつつ主婦の座に戻りゆく

間断なく蛇口の水が滴する　心の渇きいやされずをり

わが愚痴も泡《あぶく》となれよ水槽に金魚は赤き鰭ゆらしをり

遅くまで吾の帰宅を待ちゐしやソファーに残る夫の温もり

テレビ見つつ吾の言ひ訳聞いてゐる夫の耳は疑問符の形

スプーンの裏にのつぺらぼうに顔映りデフォルメされゐる今朝の心よ

ゴルフより戻りし夫の土産なる芒を活くる今日は十五夜

長女の親離れ

春の陽に弾みて帰る娘《こ》の声を集めて夕べの楽章となす

髪にリボンを結ぶ少女の繊《ほそ》き指　白蝶ひとつ生《あ》れたるごとく

携帯電話のストラップの人魚揺れてゐる少女はおとぎの海に遊べる

娘もわれも野の風となり蒲公英の真白き絮を追ひかけてゆく

ピアノ・ソナタ弾きゐる少女は大空に白き音符を泳がせてゐる

朱のポピーそよげる庭に肩寄せて娘はそつと恋を打ち明く

掌の中の石鹸白く泡だちてふいに少女の大人びて見ゆ

振り向きし少女の顔の夕翳り親離れの日近き予感す

少女子《をとめご》は心の襞をたたむごとプリーツ・スカートにアイロンかけをり

娘のピアノに塵うつすらとかの夏の幸せの曲ときに聴かせよ

帰り来て娘は玄関に入るなり冬の星座のきらめきを言ふ

雪の朝白樺林を駆けてゆく娘はチェーホフ小脇にかかへ

自由求め翔び立ちたるか娘の部屋に真つ赤なセーター脱ぎたる形

蟬をとる少年

緑濃き森に蝶採る少年の脛伸びやかにわれを追ひ抜く

汗光らせサッカー・ボールを蹴り上ぐる少年の背に積乱雲湧く

梨の皮剝きゐる少年焦るなよ地球はゆつくり自転してゐる

遠き世の父呼びゐるや新緑の森の深みに郭公の啼く

みどり葉は等間隔に吹かれをり森には森の掟あるらし

蟬をとる楡の大樹に少年の麦藁帽子ひらひら登る

ゆく夏の海に向かひて少年の吹くトランペット乱反射する

夜の病棟

病室にさやさやと入る青葉風手術日前夜の守り唄となれ

麻酔より現《うつつ》に戻るそのせつな逢へざる人の魚座の眼

ガーゼ湿らしナースが口に含ますする一滴の水　ああ息をしてゐる

麻酔より覚めたる夕べ枕辺に子の置きたるや林檎が匂ふ

ベッドのみが我がテリトリー病窓にかさばる雲の大きな塊

真夜中も目覚めてゐるやカーテンを隔て老婆の深きため息

非常口のそこのみ明るむ夜の病棟ひたひたと死の漂ひゐるや

この夏はひたにあこがれ病窓に駆けゆく雲を見ては眠りぬ

炎昼の坂道汗をぬぐひつつ老いたる母がわれを見舞へり

X線にわれの内臓透視され魔女か仏陀か写りてゐむか

病室の窓より少年の紙飛行機　大空に光る鳥となり飛べ

旅発ちの夢

車椅子のランナー過ぐるアカシアの街にさやかな風生まれたり

燦々と向日葵咲けりこんなにも明るく吾は生きただらうか

最終の特急発ちたる夜のホーム　深海魚のごと人ら漂ふ

旅発ちの夢を見てをり抽斗に幸福行きの切符一枚

夏草の繁る銀河線は赤く錆び鉄路に手を振るジョバンニの見ゆ

知床の森に群れなす蝦夷鹿はそよぐ青葉の光り食みをり

「姿見の池」に広がる夏空の雲の中へと誘はれゆく

平成の闇に灯りをともしゐる沢の蛍の小さな命

こんなところにも蛍が一匹露天湯に身をのり出せば闇に消えゆく

藻となる

炎天を逃れて入りたる地下街は深海のごと人は藻となる

反魂草・月見草・向日葵ふるさとの道は黄金にあふれ咲きをり

ふるさとに母を見舞ひぬ公園の親子の像に木洩れ日やさし

精神はせめて豊かに生きようと青葉のそよぎに友の声聞く

青葉そよぐポプラ並木を賑やかに泣く子笑ふ子宥めゐる子も

草蛍・硝子の風鈴・揚げ花火はかなきものにつね惹かれをり

燦然と庭に向日葵咲いてをりグラスに炎《も》ゆる若き日の恋

白き帆のヨットが遠く沖を行くものうき夏の時間をのせて

出港するロシアのフェリーの甲板にあまた中古車溢れ積まるる

一年振りに逢ひたる君と見てゐたり光りつつ凪ぐ素秋の海を

足すくむ神威岬の吊橋の頭上すれすれに岩燕とぶ

気ままな旅

風にのりポプラの絮の飛ぶ自在気ままな旅に出かける真昼

東慶寺に梅の花咲き四賀光子の歌碑ひつそりとあたりを払ふ

ひそやかに苔むす墓苑の五輪の塔　太田青丘師の墓に詣でり

名月院の千のあぢさゐ雨に濡れ足もとの風に藍のしたたる

水牛車のをぢさん「十九の春」唄ひ三線の音に海のきらめく

沖縄　由布島

嫁ぎゆく娘

就職の娘が発つ滑走路東京へ、二十一世紀を生きゆく翼

液晶画面ふと明るみぬドーバー海峡越えて届いた娘のEメール

チューリップの花咲き盛る春の日に娘が恋人を連れて帰省す

嫁ぎてもスチュワーデスでありたいと娘は翼をひろげやまざり

小樽運河の陽をちりばむる工房に娘と選びゐるシャンパングラス

嫁ぎゆく娘と旅発ちバンコクへ　高度一万ワインで乾杯

熱帯樹林の木洩れ日のなか椰子の実を断ち割る一瞬光飛び散る

アユタヤに首なき仏像炎天に戦の無残ことばなく見る

ウエディング・ドレスが涙に霞みたり娘より深紅の花束贈られ

壁のモナリザ

水底に影を落としてあめんぼは秋の光を蹴りてゐるなり

鰯雲ひろがる空を泳ぐやう　ビルの窓拭くゴンドラの青年

紅葉の峡の吊橋渡りをり樹々いつせいにサ音を降らす

夕映えの石狩河畔走りゆきわれは遡上の一尾となりをり

バイオリンの音色にふつと立ち止まる銀の水泡《みなわ》の光る芒野

夕つ陽に翅赤く染め野のトンボ杭に一匹づつ止まりをり

バス停にぽつねんと母を待つ子あり幼女期われの寂しき記憶

「この世への汽車出ましたか」父の好きな地酒を燗する彼岸の夜は

夜の庭の虫の音ふいに途絶えたりわれの心も闇にさらさる

与謝野晶子の百首の金箔屛風の前　秋の文学館去りがたくをり

月光の部屋に電話の鳴りやまず壁のモナリザの古拙の微笑

一片の雲

コンサート・ホールへつづく大銀杏　喝采のごと葉を降らしをり

秋陽さすサロベツ原野の花野みち吾は一片の雲となりゆく

十勝野に殼焼く煙トラクターがゆつくり秋を引つ張つてゐる

オートバイの子は夜を帰り棚の上《へ》に置くヘルメット髑髏《しやれかうべ》のごと

北へはしる鉄路にあをき月の光《かげ》　狐が一匹よこぎりてゆく

芝の上に葉団扇《はうちは》 楓《かへで》からからと北風小僧と遊びゐるなり

穂芒は銀に光りてわれ迎ふ神の宿るや手をそつと触る

葬儀終ふる夕光《ゆふかげ》の道に雪蛍さみしさふうつと髪にまつはる

掌に触るる雪虫うす青き命をこぼす夕翳る径

二女のこゑ

成人となりたる吾娘の初選挙若葉の道を肩並べゆく

就職内定の電話に弾む二女のこゑ東京勤めの反対言へず

春の雪に花柄の傘さして娘はいま就職に旅発ちてゆく

配属先決まり張り切る娘の電話　検査入院の近きは告げず

しあはせは子らがわが掌にありし日よ庭に向日葵燦然と咲く

バリ島

赤道に近づくジェット機夕光の雲の中ゆくイカロスの翼

雪荒ぶ北半球を発ちていま娘と踏みしむるバリ島の土

椰子の樹をたたくスコール　ヒンドゥーの神もわたしも駆け入る寺院

神の化身か白装束の老人がゆらゆら炎昼の坂下りくる

赤銅色の土着の男とすれ違ふふと微かなる樹液の匂ひ

密林のむくつけき男は娘の髪に優しき仕草に花を飾りぬ

バリ島の碧くひろがる海泳ぎわれは地球の一点となる

バリ島の水平線に陽が反射　軍服姿の父が手を振る

潮の香の市場に蠅の群がりてルピア紙幣を持つ掌汗ばむ

椰子の樹のシルエットくつきり月の夜はサタンも踊るやガムランの楽

花浮かべ湯に沈むときわが四肢に得体の知れぬ影まとひつく

南の島の陽の匂ひ帯び黄昏の雪の空港に娘と降り立ちぬ

バリ島の魔除けの黒きバロンの面、夢に現はれ椰子の実を喰ふ

古都の山門

詣でたる冬の南禅寺に千年の光も掬ひ湯豆腐を食む

いにしへより吹きくる風か群竹の緑そよげる古都の山門

祇王寺へつづく竹林に風渡るいにしへ人とすれ違ふやう

乗合バスにこゑをかけくるジーンズの若き女人のはんなり京都弁

仁和寺の山門に僧ら歩みくる兼好法師も混じりてゐむか

若きらにつられてわれも掌を合はす八坂神社の縁結びの神

子規庵

病床に子規眺めしとふ枯れ糸瓜　ひよろりと三つ風に揺れをり

愛用の机の上に筆・硯「病牀六尺」に子規の顕《た》ちくる

漱石や虚子の集ひし八畳間に襟を正してわれも座したり

路地裏の塀にも子規の句がありて根岸二丁目冬の日温し

芋坂の団子の店の紺暖簾　子規が今にも現はれさうな

子規庵を出でて日暮里の街をゆく何の因果か歯が痛みだす

息子の挙式

息子の挙式明日にひかへ雪の朝、南半球へ夫と旅発つ

時計の針進めて未来へ　はつ秋のシドニー空港は光の中に

久しぶりに会ひたる息子照れてをりユーカリの青葉にタキシード映ゆ

企業戦士となりたる吾子が頬こけていま外《と》つ国の光吸ひをり

森のチャペルにウエディング・ドレス華やぎて今日よりあなたは私の娘

信仰など持たぬわれらが外つ国の教会の前に頭を垂れてをり

南十字星が頭上に瞬き吾子たちに幸あれかしと祈りてゐたり

ロンドン塔

夢に見し霧のロンドン「哀愁」の石の橋《ブリッジ》を娘と渡りゆく

赤いマントの中世の騎士《ナイト》駆けてこよ　ロンドン塔に秋の陽明るし

憧れのロンドンの夜はパブに入り黒き地ビールで吾娘と乾杯

大英博物館に世界の遺産鎮もりてイギリスの威力まざまざと見つ

光りつつハイド・パークに黄葉散るマロニエの一葉夫の土産に

マドリード

コルドバの花の小径に迷ひ込みここは中世　石畳道

炎熱にわれも溶けゆくマドリードの敷石ぐんにやり街路樹の影

どの家の窓も白壁も花飾りモネの絵のやう　地中海の見ゆ

ミハス

フラメンコわが情熱を燃え立たすカルメンも来よセビーリヤの夜

眼裏に今も溢れて咲いてゐるアンダルシアの向日葵の丘

アンコール遺跡

暁に尖塔のシルエット聳え立ち千年の遺跡目覚めゆくなり

アンコール・ワットの回廊　どこからか吾を視てゐる死者の魂

アンコール・ワットの回廊　千年の風に後れ毛吹かれてゐたり

天に昇るほどの石段に逞しきカンボジアの青年われの手を取り

娘とふたり媼の竿に委ねたり小舟はメコンの密林をゆく

神在月

さあ、どうぞ出雲大社へ　参道に石蕗の花の黄にかがやく

神在月の出雲大社に掌を合はす私に健康な脚を下さい

先祖の地因幡の国の砂丘《すな》についに来りて一歩を印す

いかなる覚悟で祖父は蝦夷地に渡りしかただしづかなる因幡の海よ

子どもらの決して入れぬ奥座敷　祖父の日本刀鈍く光れり

石見銀山の寂びれし庭に吹かれゐる風船蔓の種子もらひ来ぬ

備前の壺に白き桔梗を　窯元の深き眼差し顕《た》ちてくるなり

乳母車

つんつんと庭に土筆が芽を出し娘は妊娠の知らせ告げ来る

熊野古道の苔の石段に気配聴く平家女人の衣擦れの音

桜咲く熊野三社に参詣し娘に安産のお守りを購《か》ふ

揺り椅子におくるみ編みてゐる吾娘はすでに母親の表情をせり

金木犀のあまく匂へる産院に女の子元気な産声あぐる

みどり児の命の重さ抱きしむる胸に血脈の流れ伝はる

東京の娘のマンションのベランダに富士眺めつつ産着干しをり

眠りつつみどり児笑みを浮かべをり前世の夢に遊んでゐるや

澄める瞳《め》にみどり児両手に空《くう》摑むわれに見えぬもの見えてゐるやも

乳母車に眠るみどり児蟋蟀のこゑに睫毛がぴくりと動く

目覚めたるみどり児ひつそりと雪と雪触れ合ふ音をきいてゐるやう

雪の朝七草とんとん刻む音みどり児手を振り喃語を発す

雪に籠りむづかるみどり児あやしをりほら庭にチュンチュンと雀の学校

母の繰り言

母見舞ふふるさとの道バス停をひとつ歩きてたんぽぽ摘めり

娘の摘める野菊のそよぐ風の窓母にやさしき手紙書きをり

母の好みの大根とろとろ煮てをりぬ外は木枯し早く届けむ

夕暮の部屋にぽつねんとわれを待つ母に温かきほうじ茶入れる

母訪ね掃除機かける独り居の溜息・孤独ともに吸ひ込む

老い母の繰り言遅くまで聞きて寝息たしかめ灯りを消しぬ

手を振りてわれを見送る老い母が夕陽の中にふいに消えたり

ふるさとに母とお屠蘇をいただけば雪の元旦亡き父も居る

母の背を流しし日もある露天湯に名残の小雪を掌に受けてをり

手術日

手術日の近づく不安に玄関の伊万里の壺を割つてしまへり

しばらくは来られないよと老い母の車椅子押す蒲公英の径

独り残る夫を案じて家事のことこまごま記す入院前夜

オペをする脚に書かれし矢印が重くてならぬ手術日前夜

「にわさーん、おはりましたよ」手術後の深き眠りの中より聞こゆ

幾つもの管に繋がれ仰臥するわれは再び歩けるだらうか

梅・桜・リラの花咲くさつぽろの五月を病窓に見つつ臥しをり

病室の硝子の向かうにありふれた日常が陽に輝いてゐる

飛行機が虹の半円くぐりゆく行先羨しく病室《まど》に見てをり

出張の時間を割きて見舞ひくる息子《こ》と窓に見る今年の桜

回診のなき休日は病衣捨てシャガール紫苑の空を翔けゆく

カーテンの間《あひ》より額にさす月光　不眠のわれの夜の紋章

咲き群るる庭のコスモスよ挫けさうなこころのなかに紅《くれなゐ》そよぐ

入院の母が肺炎起こしたり駆けつけたきも儘ならずをり

何はまれ杖をつき来て会ふ母の酸素マスクの口もと動く

定まらぬ眼にて見つめゐる母の細りたる手をそつと握りぬ

なに力みゐむ

シャープペンの芯ぽきぽきとまた折れるなに力みゐむ今日の私は

もう少し肩の力を抜いてごらんポプラの絮が軽やかに舞ふ

胃の中に眠剤白く溶けてゆく私は海を漂ふ海月

丸いポストの昭和の底に眠りゐる少女の吾をことんと起こす

水無月の庭に今年も咲きゐたる勿忘草はゆふぐれの中

いづこより迷ひし蝶か地下鉄の海のポスターにふと止まりたり

不器用に生きる女ら会を抜け夜の茶房に本音語らふ

目薬を夕べに注しをり渇きたるわが心にも一滴の欲し

嫉妬してゐるかのやうに薔薇の木の棘は枯れてもわれを刺しくる

朝明けの屋根に鴉が一羽きて羯諦《ぎやあてい》羯諦《ぎやあてい》だみ声に啼く

君あての短き手紙書き終へて今日といふ日を大切に閉づ

オホーツク海に白波寄せては返す浜わが不器用なる生き方問ふや

金山湖に山名康郎師の歌碑を訪ふ

山峡の湖《うみ》しづもりて師の歌碑の「藍」の一字に魅せられてをり

アンティークな時計

リズミカルに氷彫る音無骨なる男の手より天女生《あ》れ来る

思ひがけず友に遇ひたりアンティークな時計の針のずれゐる茶房

ふるさとの母に電話をする君の熊本弁が明るく響く

花待針うちてわが冬縫ひたむる胸にひろがる白き風景

藤沢周平の江戸の時代へ雪の夜を頁繰りつつ旅をしてゐる

吹雪く夜の窓に眼を凝らし見るもうひとりのわれ闇を駆けゆく

流氷に取り残されし子狐がオホーツク海に点となりゆく

帯をなし流氷沖へ去りゆけるオホーツクの海に藍あふれ来る

風韻——歌集『藍深む湖』の世界

樋口忠夫

仁和優子歌集『藍深む湖』を潤しているのは、通奏低音のように流れているしなやかな感性の働きである。世俗や日常に囚われないでひたすらに求めつづけてやまない魂、その求める究極が藍の世界なのかもしれない。この著者の歌には、師の山名康郎が言われる「無頼の詩精神」のような伸びやかな感応が地下水脈のように働いている。それが、家族詠、日常詠、相聞歌、自然詠などの背後から立ち上る風韻となっている。

夕映えに染まる雪原にポプラ樹は一直線に影伸ばしをり
ビルの硝子が一面捉へし春の空切り抜くごとく窓開きたり
ビル街の風にもまるる鯉幟地にわらわらと影を泳がす
捨てかぬる合鍵ひとつ雪の夜に往にし扉を開けはじめたり
キャベツの葉一枚一枚はがしゐるわが脳髄のいづこか病める
鰯雲ひろがる空を泳ぐやう　ビルの窓拭くゴンドラの青年

掌に触るる雪虫うす青き命をこぼす夕翳る径

リズミカルに氷彫る音無骨なる男の手より天女生《あ》れ来る

流氷に取り残されし子狐がオホーツク海に点となりゆく

仁和優子さんは、いわゆる団塊の世代として、北海道栗山町で生まれ、札幌の短大を卒業して間もなく一九七〇年に公団職員の夫と結婚し、群馬県で所帯を持ったのを手始めに、秋田、栃木、千葉と転居し、一九八四年に現在の札幌に居を定めて今日に至っている。この間一男二女に恵まれ、北区あいの里に来た時は、小学校六年生、一年生、生後三か月と子育てで大変だった。そんな折、一九八七年に刊行した俵万智の歌集『サラダ記念日』の大ブレイクに触発され、一九八九年に「花林短歌会」（北海道）に入会して、山名康郎に師事した。

それ以降、NHKの全国短歌大会、札幌市民文芸、国民文化祭、明治記念綜合短歌大会などの機会を捉えて応募・挑戦を続け、例年のように優秀、秀作、佳作などに入選し、持てる感性が大きく花開いていった。
掲出の歌それぞれに備わる風韻に見られるように、しなやかな感性で捉えた一瞬のひらめきが伸びやかに表出されていて、曇るところがない。

椰子の樹をたたくスコール　ヒンドゥーの神もわたしも駆け入る寺院
赤銅色の土着の男とすれ違ふふと微かなる樹液の匂ひ
バリ島の水平線に陽が反射　軍服姿の父が手を振る

著者は、「花林短歌会」に入会して一〇年になる一九九九年に、第九回結社賞に応募し、難しいと言われる旅行詠「神の棲む島」20首を以て、〈はまなす賞〉を受賞して、結社の社友としての一つの節目をクリアした。

これ以上なにを求めむ水鳥の去りたるのちの藍深む湖《うみ》

凝りたる言葉もあらむ郵便の赤いバイクが吹雪に消ゆる
ひとりゐて林檎むきをりかなしみが曲線となり皮が繋がる
想ひ出のひとつ生まれよ風の夜に温めしミルクの皮膜とりをり

次いで、著者の作品『藍深む湖』30首は、二〇〇四年第15回歌壇賞の候補作品としてノミネートされ、選考会の席上でも選者の票が入り、受賞作候補として最後まで残った。歌作に取り組んで一六年目にして手にした中央歌壇での評価は、歌人としての地歩を証するものであった。

掲出第一首目は、歌集の標題につながる歌であるが、自然を詠いながらもそこに象徴された韻きは、藍のイメージと共に読む人の心につたわる。

反魂草・月見草・向日葵ふるさとの道は黄金にあふれ咲きをり
ふるさとの母に電話をする君の熊本弁が明るく響く

肩並べ花野ゆきたる半月の片割れ私はまだ持つてゐる

さらに、二〇〇八年度第51回北海道歌人会賞（30首詠）の競詠においても準賞に輝いている（右はその三首）。

かくして、第一線の評価・競詠に耐えた著者は、現在、「花林」誌の編集委員、「潮音」社同人、日本歌人クラブ会員、北海道歌人会幹事と、多端に亘って活躍、奉仕している。

夕映えのはまなすの花写しゐる夫の半身くれなゐに染む
オホーツクの短き夏を夫泳ぐわれは憩ひの港にならう
遅くまで吾の帰宅を待ちゐしやソファーに残る夫の温もり
蝦夷鹿の切手貼りたる母の文雪の日高嶺越えて届きぬ
母見舞ふふるさとの道バス停をひとつ歩きてたんぽぽ摘めり

髪揺らしたんぽぽの絮追ひかける子は夕映えの野のシルエット
幼子の柔らかき背を流しやる春の野原を駆け来し匂ひ
冷蔵庫の中をつぎつぎ覗く子ら　卵が雛になつてゐるかも
振り向きし少女の顔の夕翳り親離れの日近き予感す
液晶画面ふと明るみぬドーバー海峡越えて届いた娘のEメール
就職内定の電話に弾む二女のこゑ東京勤めの反対言へず
企業戦士となりたる吾子が頰こけていま外《と》つ国の光吸ひをり
いかなる覚悟で祖父は蝦夷地に渡りしかただしづかなる因幡の海よ
亡き姉の植ゑし桜のひらきたり花の精ともなりて訪ひ来よ
幾つもの管に繋がれ仰臥するわれは再び歩けるだらうか
回診のなき休日は病衣捨てシャガール紫苑の空を翔けゆく
神在月の出雲大社に掌を合はす私に健康な脚を下さい
夕暮のバスより降りて長き影曳きつつ主婦の座に戻りゆく

写真、俳句、奉仕等々精力的に活動している夫と伺うが、歌からは夫婦愛の温もりが伝わる。さらに、子女全てが本州の金融・航空などの一流企業の総合職として就職するという快挙は、両親の曇りない鏡あっての結実と言えよう。

著者は、専業主婦の日常性に埋没することなく夢を追い続け、家族血脈への思いを細やかに歌い上げているが、そこに働くアクティヴなストルゲー（家族愛）の眼差しが爽快である。子女三人が就職で上京することについても、両親が本州に住んだ経験があったからであろう、愛惜を忍びつつも寛い心で送り出し得たものと解される。北海道でずっと育った一般的な親御さんの心情としてはなかなかそう割り切れないというのが、筆者の仄聞するところである。

そして何よりも著者が、股関節症のハンディキャップを自らの心のトゲとして、家族ともどもにより豊かな人生へと反転せしめている事実、その高い精神性には、心からの感銘と敬意を覚える。

朝焼けの沼の一瞬ふくらみて幾万の雁飛び立ちにけり
秋陽さすサロベツ原野の花野みち吾は一片の雲となりゆく
十勝野に殻焼く煙トラクターがゆつくり秋を引つ張つてゐる
紅葉の峡の吊橋渡りをり樹々いつせいにサ音を降らす
東慶寺に梅の花咲き四賀光子の歌碑ひつそりとあたりを払ふ
炎天を逃れて入りたる地下街は深海のごと人は藻となる
カーテンに揺れる朝光《あさかげ》あつ！あれは吾の短歌の未完の小鳥
きらきらと今朝の舗道に水溜まり帰りそびれし星の子遊ぶ
青葉風池の水面《みなも》を撫づるとき光の粒子鯉が呑みこむ
雪晴れの裸木に黄連雀群れ来り一樹たちまち野の弦楽器

歌を見て来て感じる著者の特長は、自然や対象に観入して一瞬のひらめき、珠玉の光を掬い取る心の眼であり、それが歌境の新しさや個性的な歌柄を生み出しているのだと思う。そして、珠玉の光を掬っても掬ってもなお尽きない楽土のイメージを、著者は〈藍〉に重ねているように思う。まさにそれは、到達点のないシシュフオスの苦役のような営みにも比せられようが、歌をやる者にとっては歓びへの宿命の歩みとも言えよう。

迷ひごと透明ファイルに閉ぢこめて春陽の街を逢ひにゆきたり
傷つかぬ恋は望まず春雷の轟く街にずぶ濡れてゆく
匂ひつつ白薔薇闇にほどけゆく女の性《さが》を愛しみてをり
いつか来る別れと思ふ夕庭に萩がほろほろ紅《くれなゐ》こぼす

なお、日常性を抜け出て詠う若々しい相聞歌の数々も魅力に満ちている。

山峡の湖《うみ》しづもりて師の歌碑の「藍」の一字に魅せられてをり

帯をなし流氷沖へ去りゆけるオホーツクの海に藍あふれ来る

そして、歌集の最後も、「藍あふれ来る」と藍の風韻で締め括っている。

歌集『藍深む湖』のほんのさわりについて感想を記したが、読者諸賢には、直接個々の作品に当たられて藍の風韻を感じ留めていただきたい。

あとがき

『藍深む湖』は私のはじめての歌集です。所属する「花林」、「潮音」に平成二年から二十六年三月までに発表した作品から三百二十五首を選び、編纂しました。配列は年代順ではなく分散して構成しました。

私が初めて短歌に出会ったのは、四十二歳のころです。短歌の定型のリズムが心地よく見様見真似で詠んでみました。果たしてこの一首が短歌といえるのか問いたく思いましたが、周りに短歌をする人はいません。思いきって北海道新聞日曜文芸欄の山名康郎選者に投稿したのです。今、思うと冷や汗が出ます。先生は初心者だと、すぐ分かったのでしょう。懇切丁寧なコメントを付けて採って下さいました。投稿を機に花林短歌会に入会し、山名先生のご指導を受けたく平成二年に札幌サンプラザ教室に入りました。

当時、長男は高校生、長女は中学生、末娘は幼稚園児でした。二十四年という月日は子どもの成長と照らしあわせても、短いようでやはり物思う歳月です。三十一文字に思いを託したい。子どもが私の背を越えるときも、そう思いながら師事を仰いでまいりました。

やがて三人の子は学業や就職のために、それぞれ家を離れました。籠りがちな私を、娘が海外旅行に誘ってくれたことは、私の視野を広げ作歌意欲を大いに湧き立たせてくれました。現在、子どもたちは結婚し、孫にも恵まれました。

私の住むあいの里は札幌の北に位置し、冬は石狩湾低気圧が発生するために降雪量が多く半年のあいだ雪に埋もれた生活です。毎日、雪掻きに追われ、猛吹雪に交通機関がストップすることも度々です。過酷な冬ですが雪はまた、幻想的な詩の世界へ私を惹き込んでくれます。切り離すことのできない雪との生活。厳しくもあり美しい北の風土をこれからも詠い続けたいと思っております。

拙い歌集ですが、お読みいただければ幸いです。

「花林」代表であり「潮音」選者の山名康郎先生に帯文を、「花林」の選者で現代歌人協会会員の樋口忠夫様にはご多忙のなかを身にあまる跋文を賜りました。心から御礼申しあげます。

歌集を上梓するにあたり、私の背中を押して下さった「花林」の編集仲間の伊藤典子さんにはこの上ないお世話になりました。いつも励まし助言を下さる選者の先生方、歌友の皆さん、ありがとうございました。

出版に際しまして、現代短歌社の道具武志様にはいろいろご配慮いただきました。御礼申しあげます。

平成二十六年四月　淡雪の舞う日に

仁和優子

著者略歴

仁和優子（にわ・ゆうこ）

1948年３月　北海道栗山町生まれ
1989年　花林短歌会入会
1992年　潮音社入社
1999年　花林短歌会「はまなす賞」受賞
2006年　日本歌人クラブ会員
2009年　北海道歌人会幹事
現在　花林短歌会編集委員、潮音同人

歌集 藍深む湖

平成26年６月22日　発行

著 者　仁 和 優 子
〒002-8072 札幌市北区あいの里二条4-11-3
発行人　道 具 武 志
印 刷　㈱キャップス
発行所　**現 代 短 歌 社**

〒113-0033 東京都文京区本郷1-35-26
振替口座　00160-5-290969
電　話　03（5804）7100

定価2500円（本体2315円＋税）
ISBN978-4-86534-030-3 C0092 ¥2315E